AF363809

LE BOULEVARD

ET

SES AGREMENS.

A PARIS,
De l'Imprimerie de GRANGE', rue de
la Parcheminerie.

M. DCC. LVI.
Avec Approbation & Permiſſion.

LETTRE

A MADAME

LA COMTESSE DE ***

ADAME,

Le goût décidé que je vous connois pour les belles chofes, m'engage à ne pas différer plus long-tems de vous donner une légère idée de la beauté du Boulevard de Paris & de ses agrémens.

Je suis d'autant plus flaté de l'heureuse espérance de vous faire en cela quelque plaisir, que je sçai avec combien d'empressement vous recherchez les nouvelles curieuses. Il est pourtant vrai que ceci n'est point nouveau, puisque voilà la cinquiéme année que l'agréable plaisir de cette charmante promenade subsiste : mais comme il arrive peu de voir les hommes se fixer long-tems, c'est en cela que je vous prie, Madame, de regarder comme une chose nouvelle, d'apprendre que ce riche Rempart continue d'être fréquenté avec un brillant toujours bien digne des soins d'un Magistrat qui ne prend son plaisir qu'à faire celui

A

des autres, & à qui Paris est rede-
vable du bel arrangement du Boulevard.

Du tems de ces Empereurs cruels
& sanguinaires, l'on vit des sça-
vans se retirer dans leurs cabinets
pour composer des Histoires, afin
de procurer quelques délassemens
aux Peuples. Ces Auteurs anciens
ont supposé des Dieux, inventé
des plaisirs ; les uns nous représen-
tent des Déesses charmantes dans
des Isles enchantées ; d'autres les
charmes de Bacchus, les jeux de
l'Amour ; ils nous vantent aussi
les mélodieux concerts des Nym-
phes, la douceur des zéphirs, le
badinage des enfans ; enfin tous
les beaux ouvrages que nous ont
laissés ces grands hommes, & qu'à
leur illustre mémoire nous con-
servons avec tant de soin, con-

tiennent différens sujets qui toujours méritent l'attention de leurs
lecteurs, quoique cependant il n'y
ait rien de vrai que la belle ima-
gination de ceux qui avec une
plume admirable les ont écrits.
Mais sous le régne heureux où la
France a le bonheur d'être, le
génie semble aller plus loin; un
homme d'esprit n'a pas plutôt
conçu quelques idées, que libre-
ment il peut les présenter; & si
elles paroissent avantageuses ou
recréatives pour le Public, elles
s'exécutent dans toute l'exactitude,
selon les ordres d'un Roi qui ne
cherche en tout que l'occasion d'o-
bliger un Peuple dont il est bien
justement aimé. Voilà ce qui me
fait dire qu'on peut regarder la
Fable comme l'histoire véritable
de notre fortuné Royaume en l'é-
tat où il est aujourd'hui.

Mais pour ne point m'écarter
plus long-tems du sujet qui me
fait prendre la liberté de vous
écrire, je reviens à notre Boulevard, où les plus grands plaisirs
que l'homme puisse desirer, se font
réunis pour rendre ce séjour aussi
parfait que celui de Jupiter. Trois
grandes allées d'une prodigieuse
longueur, couvertes de quatre
rangs de grands ormes fort bien
entretenus, font un coup d'œil
aussi flateur qu'on pourroit sup-
poser celui des Champs-Elizés;
l'allée du milieu beaucoup plus
large, & un peu plus élevée que
les deux autres, est continuelle-
ment arrosée de plusieurs fontaines
tirées par des chevaux, ce qui
empêche la poussiere, & produit
en même tems une agréable fraî-
cheur; les deux petites allées sont

battues & fablées, mais avec tant de goût, qu'après les plus grandes pluyes, on s'y promene à pied fec; les eaux s'écoulent dans de petits foffés qui font entre les arbres : à différentes places l'on trouve de fort beaux gazons richement émaillés, fur lefquels on fe repofe très-agréablement, quoiqu'indépendamment de cela il y ait des bancs de pierres en plufieurs endroits : des deux côtés l'on voit quantité de jolis Caffés, qui font toujours ouverts pour la commodité de ceux qui ont befoin de fe rafraîchir ; l'on y trouve des liqueurs auffi parfaites que le nectar des Dieux ; plufieurs bons Patiffiers fourniffent ce qu'il y a de plus exquis ; quelques grotes où une aimable jeuneffe célébre nuit & jour la gloire de Bacchus, bouil-

lonne sans cesse le vin le plus ex-
cellent: des pays les plus éloignés
sont venus des célébres Joueurs
de Gibecieres ; chacun d'eux a différentes manieres de divertir les
Spectateurs : les grands Joueurs de
Marionnettes, les légers Danseurs
de Corde, les fameux Faiseurs
d'Equilibres sont toujours prêts à
donner des divertissemens, jusqu'à
de petits enfans, qui, à peine ont
l'usage de la parole, ont le talent
de divertir.

De tous les environs l'on accourt
aux Boulevards, les gens de tous
les états se trouvent ensemble,
mais sans confusion ; les carrosses
qui ne peuvent aller que dans les
grandes allées, font quelquefois
jusqu'à quatre rangs, depuis un
bout jusqu'à l'autre, & dans un si
bel ordre, que l'on entend pas le

moindre petit bruit : chacun de
ces pompeux Equipages eſt un
nouveau ſujet d'admiration ; dans
les uns , ce ſont des perſonnes
richement habillées , dans les autres, des Dames auſſi parfaitement
belles , que magnifiquement pa-
rées : en ſe promenant on décou-
vre une très-belle Campagne ,
couverte avec abondance des fruits
de Pomone ; quelque chaleur qu'il
faſſe l'on ne s'en apperçoit que
pendant l'alternative d'un doux
zéphir qui par un ſouffle gracieux
rafraîchit favorablement , mais
avec tant de modération , qu'on
voudroit qu'il fît toujours chaud,
afin de profiter plus long-tems de
ſa douceur ; le blond Phœbus
même à travers la voute merveil-
leuſe de la belle verdure des arbres,
ne ſe laiſſe entrevoir qu'autant qu'il

eſt néceſſaire pour rendre par ſes charmes les plaiſirs plus accomplis, depuis le lever de la brillante aurore juſqu'au couché du Soleil : voilà ce qui ſe paſſe ſur notre Boulevard. Peut-être penſez-vous, Madame, que tout finit le ſoir, pour ne recommencer que le lendemain ; non, non, car ſi le jour retire avec lui une partie du monde, la nuit ramene avec elle une autre foule pour remplacer ceux qui tour à tour ne s'en vont que pour avoir la ſatisfaction de revenir ; Iris n'a pas plutôt percé les nues de ſon éclatante lumiere, qu'auſſi-tôt un nouvel éclat paroît ; l'Amour, ce bel enfant de Vénus, qui par-tout ailleurs met le bandeau ſur les yeux de ceux qu'il enchaîne : ici tout au contraire, il éclaire de ſon flambeau, les amans qu'il favorife ; par-tout ce n'eft que ris & divertiffemens ; dans un endroit, c'eft une agréable Symphonie qui charme, dans un autre, plufieurs voix qui enchantent ; ainfi, vous voyez, Madame, que la nuit n'a pas moins fes agrémens que le jour. Monfeigneur le Dauphin & Madame la Dauphine accompagnés des Dames de France & d'une nombreufe fuite de Princes & Princeffes & autres Seigneurs de la Cour, ont daignés mettre le comble aux agrémens de notre incomparable Boulevard, par leurs refpectables préfences : le jour que nous eûmes cet avantage, les Parifiens prouverent bien leur attachement & leur reconnoiffance par l'empreffement avec lequel chacun accouroit refpectueufement fe préfenter aux Boulevards, je ne fus pas un des derniers à témoigner mon zéle, & à me mettre en place convenable pour profiter avantageufement d'un fi grand honneur, l'arrangement des Gardes de la Ville & des gens du Guet, le nombre des peuples, l'ordre du Royal Cortége & le bruit du Canon faifoient un effet dont je n'entreprend point le récit à caufe de la difficulté de trouver d'affez grands termes pour en exprimer toute la beauté : mais, Madame, quelques vers qui fuivent vous feront fentir affez la magnificence de cette pompeufe Fête.

Trois jeunes Ecoliers accourent comme les autres, viennent fe placer auprès de moi, & un d'eux encore tout effoufflé, fe mit à réciter avec une grace qui me fit plaifir le difcours qui fuit :

*Quel monde, quel éclat, quel Parnasse
nouveau,*
Alexandre ne vit jamais rien de si beau!
*Tout témoin que je sois d'une telle
merveille,*
*Je ne sçai où je suis, même si je
sommeille.*
*Que vois-je! des mortels dans le séjour
des Dieux!*
*Eh oui, c'est ici l'Olympe, & j'entre
dans les Cieux.*

Si l'impromptu d'un jeune Eco-
lier peut avoir quelque chose de
si beau, jugez, Madame, combien il faut qu'avant ses yeux
soient épris ; & son cœur ayant
été flaté, il dépeint ce qu'il voit,
déclare ce qu'il pense, & exprime
ce qu'il ressent. Après ceci, je crois
qu'il ne me reste plus rien à vous
dire : dans le détail que j'ai l'honneur de vous faire du plus beau

Boulevard du Monde, le difcours
feul de ce jeune enfant peut vous
prouver affez quels en font les
agrémens; c'eft pourquoi je finis,
vous fuppliant de me croire toujours,

MADAME,

Votre très-humble
& très - obéiffant
Serviteur.

LU & approuvé par moi Cenſeur pour la Police, ce 30 Juin 1756. CRÉBILLON.

VU l'Approbation : Permis d'imprimer , à la Charge d'Enregiſtrement à la Chambre Syndicale, ce 3 Juillet 1756. BERRYER.

Regiſtré ſur le Livre de la Communauté des Libraires & Imprimeurs de Paris , No. 3683. conformément aux anciens Réglemens , & notamment à l'Arrêt du Conſeil du 10 Juillet 1745. A Paris, le 6 Juillet 1756. Signé DIDOT, Syndic.